Martin M. Lindner

Warum Hasen flüchten

Ein Märchen

Bibliografische Information der Deutschen Nationalbibliothek:
Die Deutsche Nationalbibliothek verzeichnet diese
Publikation in der Deutschen Nationalbibliografie;
detaillierte bibliografische Daten sind im Internet
über http://dnb.dnb.de abrufbar.

Covergestaltung: Arthur Aschenbrenner

Gedicht: Sri Chinmoy, The Absolute. In deutscher Überset-
zung Martin M. Lindner

Herstellung und Verlag: BoD – Books on Demand, Nor-
derstedt

ISBN: 978-3-75781-130-3

Inhaltsverzeichnis

Ein mild-süßlicher Geruch durchzog den Waldabschnitt, und ob er dem immergrünen Geißblatt, oder vielleicht den blühenden Linden geschuldet war, konnte man nicht ausmachen. Ein Specht sagte die Zeit an, mitunter verging sie langsamer, wenn er kurz innehielt und nach einer Bewegung spähte, die er im Winkel seines Auges wahrgenommen hatte. Wofür pochte er ein Loch in den Baum?

Larven einer Blattwespe sonnten sich in der zarten Morgensonne, während die Buchdrucker (eine Art des Borkenkäfers) sich genüsslich über einen zu Boden gestürzten Baum hermachten.

Hauswinkelspinnen und Baldachinspinnen präsentieren sich stolz zentriert in der Pracht ihres schimmernden Palastes, oder warten beobachtend am Rand des ausgebreiteten Fangnetzes auf Besucher. Der Wind spielt auf einem seiner Lieblingsinstrumente, den satten Blättern des Waldes, eine Variation aus seiner gewaltigen Sammlung an Meisterwerken. Kurz: Ein friedlicher, ruhiger Tag in einem unbestimmten Waldabschnitt nördlich des Äquators.

Doch was ist das?

Die Zeit bleibt stehen, der Specht positioniert sich auf einen anderen Stamm, um einen besseren Überblick über das Geschehen zu erhaschen.

Rasche Bewegung.

Auch die Musik hat ausgesetzt, als ob sie selbst lauschen wollte, was geschieht. Das Gebein des Waldes bricht, das Knacksen der entzweiten Äste hallt durch die Baumstammkorridore.

Blutunterlaufene Augen.

Rote Pupillen.

Ein weißer Hase prescht durch das bezaubernde Idyll, als wäre es ein Kriegsfeld. Seine Brust bebt von rasanter Todesflucht, seine Muskeln spannen sich unter dem weißen Fell an, um in einem Bruchteil einer Sekunde erneut zu expandieren. Er hechtet im Zick-Zack, rechts – links – rechts – links, so wirft er sich durch Sträucher und Astwerk, ohne Rücksicht auf seinen zarten Körper, der geschunden wird von lauernden Dornen und scharfkantigen Gesteinsbrocken, selbst vor den Spinnweben nimmt er keine Rücksicht, die als silbrige Fäden an ihm haften und seine Flucht nachzeichnen wie ein geisterhafter Schatten, immer seinen Bewegungen folgend und nur abgeschüttelt werden, wenn sie haften bleiben an einem Blumenstrang oder abstehendem Astwerk.

Stille!

Abrupt kommt er zum Stehen, bremst den Höllenlauf mit Entgegenstemmen seiner Pfoten in den

Waldboden. Aber es ist kein Innehalten, es ist ein Verstecken. In einer unscheinbaren Mulde unterhalb eines entwurzelten Baumes kauert er sich zusammen, nimmt Deckung, sein Herz hämmert, der Atem schneidend. Alles Nachwirkungen der durchmachten Tortur und gleichsam Mahnung vor zu viel Erleichterung. Aus angsterfülltem Blick sucht er die Umgebung nach Feinden ab, die er zwar noch nicht erspäht, aber von denen er weiß, dass sie im Schatten lauern.

Warum und wovor er flieht, weiß er vermutlich selbst nicht, ein gewaltiger Instinkt treibt das Verhalten an, und würde man ihn fragen, warum er so traurig ist, könnte er es nicht beantworten und sagen, dass es ein undefiniertes, fernes Gefühl der Einsamkeit ist, das Schuld sei.

Nur selten, in Momenten einer tiefen Verbundenheit mit seiner Umgebung, wird ihm eine Erinnerung zuteil, der er kurzzeitig nachgeht und abwesend in die Ferne blickt, als würde er nach etwas suchen müssen.

In der Schule würden sie mir diese Geschichte nie glauben. Ausgerechnet ich half einem Mädchen dabei, ihre Seele zu suchen!

Was würde wohl die Belohnung sein, wenn ich sie finde? Ich rechnete zumindest mit einem Kuss. Und das Mädchen! So niedlich, und dann noch diese Hasenohren! Nun, es wäre niedlich, wäre es nicht traurig. Langsam verwandeln sich Leute ohne Seele in Tiere.

«Wenn man Eltern hat, wird man ...», aber ich brach meinen Einwand ab, viel mehr interessierte mich der Umstand, dass das Hasenohrmädchen sich aufmachte zu fliehen.

«He, warte! Du weißt doch gar nicht, wohin du musst!»

Warum hatte ich das gerufen? Ich kannte das Mädchen nicht. Ich wusste nicht, wohin sie musste. Warum hatte sie Hasenohren? Sie schrie aus dem Dickicht: «Erinnere dich, worüber wir gesprochen haben!»

Ah, tatsächlich, sie hatte mir gesagt, dass sie das Wort *muss* nicht mehr verwenden will, sondern stattdessen die Worte *darf, will, kann.* Also anstelle von: Ich *muss* heute länger arbeiten – ich *darf* heute länger arbeiten. Oder anstatt: Ich *muss* meine

Wunde verarzten lassen, ansonsten sterbe ich in Höllenqualen – ich *darf* meine Wunde verarzten lassen, ansonsten sterbe ich in Höllenqualen. Nun, aus einer unüblichen Spontanität heraus hatte ich geschworen, von nun an auch auf das Wort *muss* zu verzichten.

Das war vor drei Minuten. Also: Wohin sie *darf.*

Meine große Vergesslichkeit führe ich auf mein großes Unbewusstsein zurück, wie kann man sich schließlich etwas merken, wenn man es nicht wahrnimmt? Warum mir das Mädchen mit den Hasenohren so vertraut war, ich es aber   noch nie gesehen hatte, konnte nur bedeuten, dass ich ein unbewusstes Leben führte.

«Es gibt kein Vergessen, sondern nur ein nicht-Erinnern. Wir wissen alles, aber wissen es nur nicht.»

Sie hatte den Weg vergessen.

Sie hatte ihn sich auf ihrer Handfläche markiert.

Die Zeichnung war verschwunden.

«Sokrates», fügte sie hinzu. Solch ein Mädchen war sie also, welches nicht bei sich die Schuld suchte, sondern stattdessen lieber einen Spruch erfand und ihn einer verstorbenen Person zuordnete.

Sokrates konnte sich nicht mehr wehren.

Wir stapften durch den Wald.

«Wir dürfen dort hin», deutete sie in das Dickicht hinein.

«Da gibt es kein Durchkommen», sagte ich.

«Versuch es! Sei kein Angsthase, sondern ein Versuchskaninchen!»

Sie deutete auf ein Gestrüpp, das uns den Weg versperrte.

«Omae wa mo shindeiru!», schrie sie mit ihrer tiefsten Stimme. Ich sah ihren geschwungenen Körper in die Bäume eintauchen – es gab doch ein Durchkommen.

«Meine Seele. Es ist so, wie wenn eine Mutter ihr verschollenes Kind sucht.»

Das war es also? Hatte sie nicht gesagt, sie sei eine Waise? Nein, sie hatte gesagt, sie habe keine Eltern.

Oder meinte sie, sie sei eine Weise?

Hmm …

Aber wie kann man keine Eltern haben?

«Man kann einfach entstehen.»

Konnte sie Gedanken lesen?

Unmöglich.

Ich sah sie nicht mehr.

Bloß schnalzende Sträucher, die ihr auf dem Weg nachwinkten.

Mir gaben sie bloß Schläge.

«Ich glaube, wir sind hier falsch.»

Um uns herum nichts als Sträucher und Bäume.

«Komm, die Tür ist offen.»

Durch meine große Unbewusstheit hatte ich das Lebkuchenhaus übersehen.

«Ein Haus aus Lebkuchen gibt es nicht. Was für ein Unsinn. Und außerdem: Wenn es regnet, dann stürzt es zusammen. Niemand würde so etwas bauen.»

Nun, es regnete nicht. Und ich stand darinnen.

Ich verstand, warum man sagte: *Wie im Märchen.*

Es roch im ganzen Haus nach Lebkuchen.

Das Hasenohrmädchen war erneut verschwunden.

Eine Falle? Hatte man damals Hänsel und Gretel auch so erwischt? Ich bereute es zutiefst, keine Brotkrümel gelegt zu haben.

Aus dem Nebenzimmer kamen Essensgeräusche, jemand kaute mit offenem Mund und viel zu laut – durch meine große Unbewusstheit hatte ich übersehen, dass es meine eigenen Kaugeräusche waren, und ich schloss den Mund beschämt.

Eine Tafel.

Nicht wie in der Schule.

Neben mir saß eine alte ~~Hexe~~ Frau, die sich unüblich weit zu mir gelehnt hatte. Das Hasenohrmädchen saß am anderen Ende des Tisches, an dem fünfzig Personen Platz gehabt hätten.

Wir waren zu dritt.

Ich saß an einem Ende, sie am anderen.

Siebenundvierzig Stühle waren frei.

Leer.

«Tante Petunia ist ein Medium.»

«Ah».

«Sie sieht Dinge, die sonst niemand sieht, aber leider sieht sie viele Dinge nicht, die sonst alle sehen.»

«Ah».

Ich wusste nicht, was das bedeuten sollte. Warum lebte sie in einem Lebkuchenhaus mitten im Wald? Und warum sah sie wie leblos aus? Ihr alter Körper lehnte mit vollem Gewicht an meiner Schulter. Sie schien nicht zu atmen.

Ich ~~musste~~ durfte den Impuls unterdrücken, ihren Puls zu fühlen.

«Du fragst dich sicher», fuhr sie fort, «warum sie in einem Lebkuchenhaus wohnt. Das ist eine lange Geschichte.»

«Ah».

Ich fühlte den Puls der Alten.

Nichts.

Kalt.

Tot.

«Sie verlässt oft ihren Körper, dann sieht es so aus, als wäre sie gestorben.»

Ich fragte nach, wie lange so etwas dauerte. Wie lange sie den Körper verlassen konnte.

«Manchmal recht kurz. Manchmal sehr lange. Sie ist seit drei Monaten nun im *anderen Reich*.»

Im anderen Reich? Und warum hatte sie es kursiv ausgesprochen?

«Sie sucht nach meiner Seele. Sonst wäre sie schon längst wieder zurück.»

«Das mit deiner Seele tut mir leid.»

«Und das sollte es auch!»

Das Hasenmädchen wurde zornig, richtig erbost. Ihr Stupsnäschen bebte, die Hasenöhrchen zuckten in die Höhe.

Niedlich.

Sie sah niedlich aus, wenn sie böse war.

«Du hast gesagt», meinte sie nun ruhig und mit freundlichem Lächeln, «dass du mit den Seelen sprechen kannst?»

Stimmungswechsel: rasch.

Und solch ein Mädchen war sie also, das eine Aufforderung in einer Frage versteckte. Sie erinnerte mich dabei an meine Mutter.

Willst du nicht aufessen?

Warum isst du nichts?

Hast du keinen Hunger mehr?

Nun, ich hatte Hunger, deswegen sprach die Mutter in meiner Erinnerung auch vom Essen. Und eines noch: Ich hatte keine Eltern. Hatte ich das schon erwähnt?

Ich hatte nur zwei Erzeuger.

Mehr nicht.

Elterliche Gefühle.

Erziehung.

Davon keine Ahnung.

Ich wurde in die Welt gesetzt.

Nicht in einen Korb. Nicht vor eine Türe.

Mitten in die Welt.

«Ich kann mit Seelen sprechen», entgegnete ich ihr, «aber es ist nicht ein Sprechen, sondern ein Erkennen. Wenn man Buchstaben liest, weiß man, was ein Buchstabe bedeutet. So ähnlich ist es. Die Seelen sind Bücher.»

«Also wie lesen. Verstanden. Gedanken lesen.»

Sie hatte es nicht verstanden.

Tante Petunia lag tot neben mir.

Es brannte.

Der Wald brannte.

Eine gewaltige doppelköpfige Schlange brach aus dem Gestrüpp hervor, durch meine unbewusste Lebensweise hatte ich übersehen, dass sie mich gebissen hatte. Das Hasenohrmädchen ~~musste~~ könnte einen Feuerzauber benutzt haben, alles glänzte im roten Inferno.

«Im Wald wirft man keine Zigarettenstummel weg!»

Ah.

Durch meine unbewusste Lebensweise hatte ich vergessen, dass ich mit dem Rauchen aufgehört hatte.

«Mit dem Rauchen? Du rauchst ja nicht!»

Natalia lächelte in der Abendsonne. Sie ging neben mir, teilweise hopste sie vor Aufregung über unsere irrwitzige Geschichte, die wir als Manga zeichnen würden. Schon den ganzen Tag über hatten wir in der Schule daran gearbeitet, mit der Stirn am Tisch und einem Block am Schoß. Die Lehrer hatten uns ignoriert, unsere Konzentration war der beste Schutzschild.

«Aber du hast ja auch keine Hasenohren!», wehrte ich mich.

Stille.

Wir befanden uns auf dem Nachhauseweg, den langen Weg am Teich vorbei, der immer kürzer geworden war, je älter wir wurden.

Natalia war um drei Tage jünger als ich, aber wir feierten unseren Geburtstag immer am gleichen Tag, nämlich an meinem Geburtstag. Es schien sie nie zu stören, dass es sich so entwickelt hatte, und manche unserer Mitschüler glaubten sogar, dass wir am selben Tag geboren waren.

Unsere gemeinsame Geburtstagsfeier war immer ein Ereignis – zumindest eine Person verletzte sich stets und mehrere skurrile Geschichten kursierten am nächsten Tag über vermeintlich stattgefundene Ereignisse. Einmal soll sogar ein verstorbener Mitschüler unter den Feiernden gewesen sein. Es war ein Fest, immer überlegten wir uns etwas Besonderes, und alle waren gut gelaunt und elektrisch, besonders Natalia. Eigentlich war ich in der Schule nicht beliebt, aber an diesem Tag taten alle so, als würden sie mich mögen. An ihrem eigentlichen Geburtstag war Natalia hingegen zurückgezogen und misstrauisch – warum wollte man ihr gratulieren? Sie hatte ja schon gefeiert, und außerdem – was gäbe es da auch großartig zu tun? Sie habe ja nichts gemacht dafür. Zu ihren Eltern solle man gehen, die seien an allem Schuld. Früh schon habe ich gemerkt, dass man sie an diesem Tag am besten in Ruhe lässt.

«He, Schere, Stein, Papier!»

«Um was?», fragte ich mechanisch – es gab immer etwas, um das wir spielten.

«Um nichts, Schere, Stein, Papier!»

Sie wirbelte die geballte Faust drei Mal in die Luft, ich reagierte noch schnell genug: Papier.

Natalia hatte mit ihrer Hand eine Pistole geformt.

«Das ist ein Überfall, her mit dem Geld!»

Sie hatte gewonnen.

Sie bedrohte mich mit ihrer Fingerpistole.

«Der ist gut», sagte ich.

«Danke.»

Wieder Stille.

Unausgesprochene Worte lagen in der Luft – hätte ich sie aufschreiben sollen? Ich hatte nicht umsonst Papier gewählt, aber es hing nun schlaff an meinem Arm herunter. Ich betrachtete es aus dem Augenwinkel, ließ Natalia dabei aber nicht aus den Augen. Es war ein Duell – und sie hatte schließlich eine Pistole. Auf meinem Papier waren nur Linien gezeichnet, die angeblich die Zukunft vorhersagen konnten.

Keine Chance.

Ich hatte so gut wie verloren.

«Kann ich heute bei dir übernachten?», fragte sie monoton.

War ihre Mutter wieder im Krankenhaus? Sie fragte sonst nie um Erlaubnis, wenn sie vorbeikommen wollte, sondern klopfte einfach an oder warf etwas gegen mein Fenster.

Schon drei Mal zerbrochene Scheiben.

Es waren aber nie die gleichen Gegenstände.

Ein Stein war es einmal, und die anderen Male?

Ich weiß nicht mehr.

«Meine Mutter ist wieder im Krankenhaus.»

«Ah.»

Mehr fiel mir nicht ein. Ihre Mutter war oft im Krankenhaus. Aber das war es nicht, was sie eigentlich sagen wollte.

«Wir sollten Tante Petunia nachher wieder zum Leben erwecken. Oder vielleicht kommt sie als Geist zu den beiden», sagte sie schließlich.

Auch das war es nicht.

Wir unterhielten uns weiter über unseren geplanten Manga, die Abendsonne beschattete uns. Obwohl wir heute besonders langsam gingen, waren wir sehr schnell wieder zuhause.

Stille.

Die zweiköpfige Schlange hatte uns eingeholt.

Gespaltene Zungen.

Das Hasenohrmädchen war im Griff der Schlange gefangen, mit dem ganzen Körper hatte sie sich um sie gewickelt.

Wie eine Umarmung.

So ein Mädchen war sie also, das nicht vor Schmerzen schrie.

Und sie sah niedlich aus, wenn sie Schmerzen hatte.

Aber ich wusste nicht, was ich machen sollte.

Noch nie hatte ich gegen eine doppelköpfige Riesenschlange gekämpft.

Oder wusste ich es nur nicht durch meine Unbewusstheit?

Vielleicht hatte ich schon viele besiegt.

Was weiß ich über Schlangen? Sie greifen an, wenn sie sich bedroht fühlen. Sie fühlen sich bedroht, wenn man zu nah an ihr Nest kommt.

Ich hörte einen Knall, als würde Gott ganz laut mit der Zunge schnalzen.

Rückgrat gebrochen?

Die Schlange hatte unmenschliche Kraft.

Aus einer großen Spontanität heraus hatte ich dort und dann geschworen, das Hasenohrmädchen zu beschützen.

«Reich mir bitte das Salz», sagte sie.

Wie konnte sie so ruhig sein? Sie wurde von einer Schlange zerquetscht!

Welches Salz?

Ah.

Das Salz.

Tante Petunia lehnte wieder an meiner Schulter, es roch nach Lebkuchen.

Durch meine unbewusste Lebensweise hatte ich nicht bemerkt, dass wir vor der Schlange geflohen waren.

Ich ~~musste~~ könnte heroisch gewesen sein.

Ich reichte ihr das Salz.

Ich war weiterhin heroisch.

«Was hast du da?», fragte sie.

Ich hatte nichts.

«Du hast auf deine Hand geschaut.»

«Ah.»

«Für zwanzig Minuten.»

«Ah.»

Ich hatte nichts.

«Sind wir», murmelte ich unsicher, «gerade vor einer riesigen doppelköpfigen Schlange geflohen?»

Hatten Hasen nicht Angst vor Schlangen? «Nein», erwiderte sie viel zu unbesorgt, «und lass uns bitte aufbrechen, ich will wirklich wieder meine

Seele haben. Man fühlt sich sehr schwach ohne Seele. Und langsam wachsen mir auch schon Pfoten.»

Ich presste Tante Petunia wieder in ihren Stuhl und balancierte sie, damit sie nicht nach vorne oder seitlich kippte.

«Selbst wenn Tante Petunia nicht hier ist», meinte das Hasenohrmädchen zu mir, «so ist doch immer eine Verbundenheit da.»

Sie spürte, dass ich Tante Petunia nicht mochte.

Sie hatte mir nichts getan.

Vielleicht gerade deshalb.

Sie war irgendwo, wo ich sie nicht sehen konnte.

Stille.

WIE KOMMT DAS WASSER AUF DEN BERG?

«Aber lass uns meine Seele suchen, vielleicht ist sie beim Wasserfall. Seelen suchen oft andere Seelen.»

Aus einer großen Unbewusstheit heraus hatte ich vergessen, warum am Wasserfall andere Seelen waren.

Genossen sie das Rauschen?

Hatten sie Durst? Mehr fiel mir nicht ein.

Als wir am Fuße des Wasserfalls standen wusste ich es noch immer nicht, aber das war auch nicht nötig. Ich sah tausende Seelen, die oben an der Klippe warteten.

«Dort oben», sagte das Hasenohrmädchen, «dort oben stehen sie und warten auf den Mut, sich hinunterzuwerfen. Schau, gleich springt eine!»

Die Seelen waren Menschenförmig, aber durchsichtig.

Fünf nebelähnliche Konturebenen pulsierten langsam.

Kein Gesicht. Aus der Entfernung sahen für mich alle gleich aus.

«Wenn sie springen, dann werden sie wiedergeboren.»

«Ah.»

«Oder sie zerbersten und hören auf zu existieren. Genau weiß ich es nicht mehr.»

«Ah.»

So ein Mädchen war sie also, welches solche Dinge vergisst.

Genau weiß ich es nicht mehr.

Tot oder Leben.

Man weiß es nicht.

Vergessen.

Aber bestimmt war ihr Gedächtnis für Mangatrivia einzigartig.

«Wie heißt der Kommandant der sechsten Division von Whitebeards Crew?»

«Blamenco!»

«Richtig! Welche Nummer trägt Emilio Lowe in der Rangordnung von Chronos in Black Cat?»

«III!»

«Richtig! Sogar in römischer Zahl! Letzte Frage: In Kapitel 287 von Shaman King, nachdem Yoh aufgewacht ist, will er nicht weiterschlafen, sondern etwas machen, was er seit langem nicht mehr gemacht hat. Was?»

«...»

«Ha!»

Jetzt hatte ich sie am falschen Fuß erwischt.

Zweifel.

Angst.

Sie wusste es nicht!

Eine Schande, die sie ihr ganzes Leben lang begleiten würde.

Mein Triumph war weltenbewegend.

Aber.

Immer ein *Aber*.

Ihre Antwort: «Er geht spazieren.»

«… Richtig.»

Wie konnte sie solch ein unwichtiges Detail wissen? Wusste sie alles? Meine Niederlage war weltenzerstörend.

«Das war einfach, alles von Shonen Jump!», schrie sie siegestrunken.

Jump!

Eine Seele hatte sich bis an den Rand gewagt.

Sie sprang.

Fiel.

Der Wind pfiff.

Sie verschwand im aufbrausenden Wasser.

Ich verstand nun.

Wiedergeburt, oder Tod.

Aber was passiert, wenn der Körper und der Verstand noch hier sind?

Ich sah das Hasenohrmädchen an, voller Optimismus blickte sie empor.

«Lass uns raufklettern!»

Durch meine Unbewusstheit hatte ich nicht bemerkt, wie sich der Mut, von oben herunterzuspringen, langsam angeschlichen hatte.

Ich nickte.

«Lass uns raufklettern!»

Wir ~~mussten~~ durften nicht klettern, es gab einen Seilzug.

Aber das Gewicht, welches uns hinaufziehen hätte sollen, war nicht da.

Oder es existierte nicht.

Oder wir sahen es nicht.

Aber trotzdem fuhren wir hinauf.

Vielleicht war der Körper nicht wichtig.

Nur die Seele zählte.

Durch meine Unbewusstheit hatte das Hasenohrmädchen ihre Seele verloren.

Aber ich hatte vergessen, was ich getan hatte.

Oder vielleicht war es genau das.

Ich hatte etwas vergessen.

Donner.

Hier oben hörte sich das Wasser wie Donner an.

Überall waren Seelen.

«Nenn mich Chihiro!»

Das Hasenohrmädchen war euphorisch, sie fuchtelte herum, als hätte sie ein Schwert. Die Seelen beachteten sie nicht.

Lachend sprang sie wie wild umher.

Etwas kitzelte mich.

Ich wusste nicht wo.

Meine Körperwahrnehmung war anders als sonst.

Es gab keine Verortung im Oben und Unten, im Links und Rechts.

Nur ein Innen und Außen.

Dort.

Eine Fliege saß auf meinem Arm.

Ich schlug zu.

Wie, als hätte ich eine Münze geworfen, lag nun meine Hand auf der anderen.

Kopf, oder Zahl?

Ich hob die Hand an – die Fliege flog davon.

Ah.

«Entschuldigen Sie.»

«Hmm?»

«Ja, Sie.»

«Ich?»

Jemand fragte nach mir?

Das Hasenohrmädchen spielte noch immer und bemerkte nichts.

«Kommen Sie, hier, in der Felsenscharte.»

«Ah.»

Ein Mann aus Holz hockte in einer kleinen Einkerbung im Fels.

Sein ganzer Körper aus Holz.

Die Augenlieder bewegten sich laaaaaaangsam.

«Deine Freundin, sie hat keine Seele.»

«Ja.»

«Hm.»

Er schloss die Augen.

«Und du willst sie suchen?»

«Mhm.»

Ich bemerkte, dass sein Holzkörper morsch war.

«Hm.»

Das war es schon.

Mehr wollte er nicht sagen.

Und mir fiel auch nicht ein, was ich ihn noch fragen sollte.

Außerdem war er nicht sehr gesprächig.

Und er war aus Holz.

Wegen meiner großen Unbewusstheit hatte ich fast übersehen, dass Tante Petunia an mir vorrübergegangen war.

Auch das Hasenohrmädchen hatte sie bemerkt.

«Tante Petunia!», rief sie.

Aber Tante Petunia ging an ihr vorbei.

Sie bemerkte sie nicht.

Sie bemerkte nicht ihre eigene Nichte.

Nicht ihre Nichte.

Kein Wunder.

Das Hasenohrmädchen hatte keine Seele.

Mir schwante Übles.

Tante Petunia ging auf die Wasserfallkante zu.

Sie hätte uns doch helfen sollen.

Die Seele zu finden.

Tod oder Wiedergeburt.

«Hey, du kannst doch mit Seelen reden! Mach was! Bitte!»

Das Hasenohrmädchen weinte – sie hatte sich auf die Knie fallen lassen.

Sie konnte hier nichts ausrichten.

Hier regierte die Seele.

«Tante Petunia! He, Tante Petunia!»

Auf mein Rufen reagierte sie nicht.

« привет!»

Keine Reaktion.

Ich griff sie am Arm.

Nichts.

Keine Berührung.

Nur große Erleichterung spürte ich.

Erleichterung?

Ah.

Erst jetzt begriff ich, warum es ein Lebkuchen-haus war.

Wer baut schon ein Lebkuchenhaus? Wenn es regnet.

Bricht es ein.

Tante Petunia warf sich hinunter.

Sie war wie eine Mutter für das Hasenohrmäd-chen gewesen. Wenn man keine Eltern hat, braucht man trotzdem eine Mutter?

Der Wind pfiff.

Wir sahen nicht ihren Sturz, sie verschwand ein-fach hinter der Kante des Wasserfalls.

Merkwürdig.

Irgendwie roch es verbrannt.

Stille.

Nein, Hasen hatten keine Angst vor Schlangen.

Schlangen wollten Hasen fressen.

Das war ein Unterschied.

Hasen flüchteten nur.

Das war ihr Instinkt.

Das Hasenohrmädchen weinte nicht mehr.

Sie hatte es selbst gesagt.

Auch wenn Tante Petunia nicht hier ist, gibt es eine Verbundenheit zwischen den beiden.

«Glaubst du, sie ist wiedergeboren?», fragte das Hasenohrmädchen.

Ich wusste es nicht.

Ich kannte sie nicht.

Sie war eine Tante.

Nicht meine Tante.

Tante sprang über Kante.

Aber warum mochte ich sie nicht?

Weil sie mir nichts getan hatte?

Nein.

Das war es nicht.

Sie hatte dem Hasenohrmädchen gesagt, sie suche ihre Seele.

Und dann.

Treffen wir sie am Wasserfall.

Keine Hilfe.

Oh.

Durch meine große Unbewusstheit hatte ich nicht bemerkt, dass das Hasenohrmädchen sich den Wasserfall hinunterstürzte.

Zum Glück hatte ich nicht vergessen, dass ich geschworen hatte, sie zu beschützen.

Ich blickte zurück.

Der Mann aus Holz – er starrte mich aus seinen klaren Holzaugen an.

Vergessen.

Was hatte ich vergessen?

Ah, das Hasenohrmädchen.

Ich rannte los.

Sprang.

«Hmm?»

Von unten sah es aus wie ein normaler Wasserfall, aber –

Aber.

Immer ein *Aber.*

Ich sprang über die Kante.

Darunter nichts.

Schwarz.

Dunkelheit.

Oh nein.

«Akku leer!»

«Warte.»

Ich stand auf und suchte mein Aufladekabel.

Es war nach Mitternacht, Natalia hatte ihr Handylicht benutzt, um zu zeichnen.

Ich schrieb an meinem Laptop die Geschichte weiter.

Wo war das Aufladekabel?

«Ist vielleicht in der Schule. Ich geb dir meins.»

Wir hatten uns zwei Zelte aus Bettlaken und Tüchern gebastelt. Ich öffnete ihr Zelt und gab ihr mein Handy.

«Oh!»

Da war das Hasenohrmädchen! Sie schien zu schlafen.

«Gefällt es dir?»

Natalia war eine ausgezeichnete Zeichnerin.

«Sehr.»

«Wie läuft´s?»

«Gut. Sind gerade vom Wasserfall gesprungen.»

«Lies vor.»

Ich las vor.

Stille.

«Warum hat er Tante Petunia auf russisch hallo gesagt?»

«Weiß ich nicht. Ich dachte, weil du auch russisch bist, irgendwie.»

«Das hat aber nichts mit der Geschichte zu tun. Gib das vielleicht raus.»

Sie konnte Deutsch und Englisch. Ihre Muttersprache konnte sie nicht.

Ihre Eltern waren Russen, die hierhergezogen waren, als Natalia zwei Jahre alt gewesen war. Um sich besser zu integrieren, sprachen sie nur Deutsch zuhause, und deshalb konnte Natalia nur spärlich Russisch.

Muttersprache.

In die Schule kam nur ihr Vater, die anderen Schüler sagten, dass ihre Mutter geisteskrank sei, aber das stimmte nicht. Nur manchmal, wenn sie verstimmt war, brachte man sie in eine Klinik. Ansonsten war sie normal, nur kochen konnte sie nicht. Der Vater bereitete das Essen zu, wenn ich zu Besuch kam. Obwohl ich ihre Eltern schon seit meiner Kindheit kannte, blieben sie mir stets fremd.

Über das Verhältnis zu ihren Eltern sprach Natalia selten, und soweit ich weiß, hatte sie auch einen älteren Bruder, der keinen Kontakt mit der Familie pflegte, fünfzehn Jahre älter als sie war und irgendwo in Russland lebte. Natalia zeichnete weiter, ich ging unter mein Zelt zurück. Ich kannte sie seit meiner Kindheit, wir waren wie Geschwister. Irgendwann hatte sie mir eine Zeichnung gezeigt, ich war erstaunt. Sie war eine hervorragende Zeichnerin. Und ich war wütend. Warum hatte sie mir verheimlicht, dass sie zeichnete? Schüchtern sei sie gewesen. Aber sie war nicht schüchtern.

Sie tat auch unglaublich viele Dinge. Es schien immer, als hätte sie doppelt so viele Stunden am Tag wie andere Leute zur Verfügung – an einem Wochenende geht sie etwa auf eine Party, dann auf eine andere Party von einem Typen, den sie dort kennengelernt hat, dann schwimmen sie nackt in einem Teich, dann stehlen sie Dreiräder und fahren durch die Stadt, dann trifft sie sich mit ihrem Vater, dann bricht sie sich den Finger, und nach einem Aufenthalt im Krankenhaus geht sie noch mit einer Freundin in den Park, wo sie den Typen von der Party wiedertrifft, der mit ihr schlafen will, aber nicht darf. Und dann wieder Schule.

Und ich?

Ich habe mir am Wochenende zwölf Folgen von Attack on Titan angesehen.

Stille.

Das Licht meines Laptops strahlte. Sollte ich das in die Geschichte einbauen?

Eine Party?

Den Typen?

Nein.

Und sie hatte ja auch nicht mit ihm geschlafen.

Alles nur Gerüchte.

Die Dunkelheit.

In ihr wachsen Auswüchse falscher Gedanken.

Pechschwarze Hände würgten mich.

Sie kamen von oben herab, zwängten sich über meine Brust und pressten auf meinen Bauch.

Schwaches Licht in meinen Augen.

«Bist du da?»

«Ja.»

«Kannst du dich erinnern, als ich damals niedergefallen bin und mir das Knie aufgeschürft hatte?»

«Ja.»

«Ich hab nach Hilfe gerufen, aber mein Zwerchfell hat sich überschlagen, und kein Ton ist rausgekommen. Bei kleinen Kindern ist das manchmal so, wenn sie große Aufregung haben. Es ist etwas rein Physisches. Erinnerst du dich?»

«Hmm. Ja, das ist aber schon lange her?»

«Damals war ich vier.»

«Wie alt bist du jetzt?»

«So etwas fragt man eine Frau nicht!»

Ein dumpfer Aufprall.

Ich wusste wieder, wie alt sie war.

So alt wie ich.

Nur drei Tage älter.

Wasser tropfte in der Ferne.

Es war nicht, dass man nichts sehen konnte, sondern…

«Unsere Körper!»

Jetzt spürte ich es auch.

Unsere Körper waren nicht da.

Trägheit.

Schwere.

Antriebslosigkeit.

Fehlt etwas, wenn unsere Körper nicht da sind?

Der Wasserfall.

Leben oder Tod.

Viel zu dramatisch.

Stille.

Was tun?

Es war nichts zu sehen, nichts zu greifen, nichts zu reden.

Stille.

Das Gefühl eines Raumes war dennoch da, und irgendwo auch Wände. Nur unsere Stimmen schienen …

«Hallo?»

Ein leichter Hall.

Ich spürte das Hasenohrmädchen neben mir.

«Mit wem redest du?»

«Ich?»

«Ja.»

«Mit dir?»

«Aber vorhin, du hast mit jemandem geredet.»

«Hab ich?»

«Langsam gewöhnen sich meine Augen an die Dunkelheit.»

Unsere Rede war wirr.

Mir wurde schwindelig.

«Schau, dort!»

«Hmm?»

Eine gigantische Spinne schwebte in der Luft. Sie war glatt, ihr kugelrunder Unterkörper spiegelte die Dunkelheit. Konturen gingen über in das unendliche Schwarz.

Wände formten sich.

«Ah.»

Jetzt sah ich, warum ich mich so träge fühlte. Beide Beine steckten knietief in einer schlammartigen, zähflüssigen Masse.

Die Spinne bewegte sich, sie spürte meine Präsenz.

Ich war mir nun sicher, dass es kein Trick war, den mir meine Augen spielten – die Beine der

Spinne verschwanden in der Dunkelheit, ihr gigantischer Kugelkörper verschmolz mit den feuchten Wänden.

Eine Höhle.

Gehen unmöglich, ich steckte in einem Klebstoff fest.

Wie eine Fliege.

Kopf, oder Zahl?

Die Spinne – ich fühlte, dass sie mich beobachtete. Unausgesprochene Worte lagen in der Luft, bald würde einer von uns etwas sagen.

Die Spinne, etwas sagen?

«Wer bist du?», fragte ich sie.

«Ich bin eine Spinne», antwortete die Spinne.

«Ah. Was tust du hier?»

«Ich mache Fäden. Meine Fäden sind besonders.»

Sie schien eine stolze Spinne zu sein. Ihre Worte hallten in der Höhle. Sie schienen von überall her zu kommen.

Meine Stimme hallte nicht.

«Was machen deine Fäden besonders?», fragte ich.

«Meine Fäden machen besonders, dass man sie nicht sehen kann. Meine Fäden machen besonders, dass man sie nicht spüren kann. Und man ist in ihnen gefangen, bis man sie sehen kann, und spüren kann.»

«Kannst du sie sehen?», fragte ich.

«Natürlich», antwortete die Spinne, «ich erzeuge sie. Ich kann sie aber nicht anders machen, als sie sind. Gerne würde ich Fäden machen, die man sehen kann. Dass Leute sagen würden, wie schön sie sind. Wie sie glänzen. Siehst du?»

Die ganze Höhle war durchzogen mit dünnen, glänzenden Fäden. Sie erinnerten mich an Kristalle.

«Sie sind ja alle parallel zueinander!», rief ich aus.

«Ja, dass sie sich nicht verknäulen. Sie sind wie Worte in einer Geschichte, eines allein macht keine Geschichte. Jedes Wort macht die Geschichte. Und die Geschichte stirbt, wenn man das richtige Wort nicht findet.»

Ah, das richtige Wort?

Aus meiner unbewussten Lebensweise heraus hatte ich nicht bemerkt, dass das Hasenohrmädchen verschwunden war.

Hatten Hasen Angst vor Spinnen?

Nein, bestimmt nicht.

«Bin ich gestorben?», fragte ich die Spinne.

«Gestorben?»

«Das letzte, woran ich mich erinnere, ist, dass ich einen Wasserfall hinuntergesprungen bin. Meiner Freundin hinterher.»

Meiner Freundin – zweideutig.

Einer Freundin.

Dem Hasenohrmädchen.

«Von einem Wasserfall», sagte die Spinne, «weiß ich nichts. Ich bin in dieser Höhle, und manchmal kommt eine Fliege. Manchmal kommt einer von euch. Manchmal kommt niemand, und niemand bleibt lange. Auch du wirst gleich gehen. Von einer unüblichen Spontanität getrieben wirst du sogleich aufbrechen.»

Ah.

Ein Schuh.

Nein, es war ein Schlapfen.

Ein Flip-Flop.

Ein riesengroßer Flip-Flop.

Er kam aus der Dunkelheit geschossen, so wie eine Boeing 777 durch den Nachthimmel gleitet.

In der Entfernung langsam, je näher man jedoch kommt …

Das war also das Leuchten gewesen.

Die Spinne schien es nicht zu bemerken.

Hatten Spinnen Angst vor Flip-Flops?

Der Schlamm an den Wänden trocknete, es wurde heiß.

Mein Hals fühlte sich rau an.

«Ah, du bist in meinem Netz gefangen.»

Ich konnte mich nicht bewegen.

«Ich habe dich hinters Licht geführt.»

Hinters Licht? Ich war geblendet, jetzt sehe ich.

In der Dunkelheit sieht man besser.

Nein.

Sie wollte mich fressen.

Ich zappelte in ihrem Gefängnis, mein Versprechen dem Hasenohrmädchen gegenüber ~~musste~~ wollte ich vergessen. Ich konnte sie nicht mehr beschützen.

Mein Körper war weg, nun würde meine Seele gefressen werden.

Das war es also, warum man sich vom Wasserfall stürzte.

Eine Falle.

Mittagessen.

Tante Petunia zappelte in der Dunkelheit.

Andere Seelen auch.

Was sollte ich tun? Die Spinne hatte mich durch ihre Rede eingewickelt. Worte.

Nein.

Es waren ihre Spinnfäden.

Tatsächliche Spinnfäden.

Sie kam behutsam näher, die Dunkelheit bewegte sich mit ihr.

«Ich werde dich fressen», sagte sie.

Aber eigentlich sagte die Spinne nichts.

Es waren die Gefangenen, die für sie sprachen.

Jedes Wort eine andere Seele.

Ich eine Frauenstimme.

Werde eine Männerstimme.

Dich eine Mädchenstimme.

Fressen eine weitere Frauenstimme.

Ich sah neben mich.

Eine Seele rekelte sich im Netz, überall durchzogen sie die Fäden.

Ihre Konturlosigkeit schien in der Dunkelheit noch zugenommen zu haben, wie die Spinne verschmolz sie mit der Umgebung.

Die Höhle wurde kleiner.

Die Spinne kam näher, ihr Maul öffnete sich. Es war ein dunkles, tiefes Loch.

Ich spürte ein bekanntes Gefühl dabei.

Als ich ein Kind war, da fiel ich nieder.

Schon wieder.

In meinem Knie steckten viele Kieselsteine. Der Arzt sagte, man könne sie drinnen lassen.

Der Körper würde sie aufnehmen.

Sie würden von allein verschwinden.

Dieses Gefühl der Kieselsteine, die im Körper verschwinden.

Die tatsächlich im Knie verschwunden sind.

Dieses Gefühl kam wieder hoch.

Das Maul der Spinne stülpte sich um mich.

Ah.

Der Flip-Flop wurde größer.

Klatsch.

«Wach auf!»

Klatsch!

«Aufwachen!»

Aha.

Solch ein Mädchen war sie also, dass sie mit einem Flip-Flop schlafende Leute aufweckte.

Hatte ich geschlafen?

Nein, ich wurde geträumt.

Das Hasenohrmädchen stand über mir, hinter ihr erkannte ich die speckigen Baumkronen des Waldes. Den gleißenden Himmel dahinter.

Ich war froh, sie wieder zu sehen.

Alle.

«Du wurdest gebissen», sagte das Hasenohrmädchen.

«Von einer Spinne.»

Nur gebissen?

Nicht verschlungen?

«Nein, von der Schlange! Kannst du dich nicht erinnern? Sie war soooo groß, und war so: BUMM! und WUSCH! Zwei Köpfe!»

«Ah.»

Durch meine unbewusste Lebensweise hatte ich übersehen, dass – was genau hatte ich übersehen? Ah, dass mich die Schlange gebissen hatte.

Mein Arm war angeschwollen, violett und von zarten Äderchen durchzogen. Es fühlte sich an, als würde er von innen pochen.

«Das wird schon wieder! Auf geht´s!», sagte sie, gefolgt von einer abenteuerlichen Pose – sie fuhr den einen Arm mit ausgestrecktem Zeigefinger aus und schützte sich mit der anderen Hand vor der Sonne.

Solch ein Mädchen war sie also, das ihre Sorge mit einem überspitzten Optimismus überspielte. Sie stand lange in der Pose, bis ich mich aufgerafft hatte.

Aber ich konnte nicht stehen.

Es sah nicht gut aus.

Ich setzte mich nieder.

«Wie lange war ich weg?»

«Du warst nicht weg, du hast nur geschlafen.»

Schlafen anstelle von bewusstlos sein.

Nein.

Ich wusste, ich würde sterben.

Das Hasenohrmädchen beugte sich zu mir hinunter, und erst jetzt sah ich, dass ihre linke Hand zu einer Pfote geworden war.

Hasenpfote.

Bringt Glück.

Aber nicht dem Hasen.

«Du hast recht», sagte sie, «ruhe noch ein wenig aus.»

«Ich hatte einen merkwürdigen Traum», sagte ich aus einem spontanen Bedürfnis heraus, ihr von meinem Traum zu erzählen.

«Hmm?»

«Wir waren zwei Schüler, die einen Manga schreiben. Beim Nachhauseweg haben wir darüber gesprochen. Dann bist du zu mir nach Hause.»

«Ha, so ein Traum also! Lustmolch! Und mit einer Schülerin!»

Wer war hier der Lustmolch?

Ihre Hasenohren wackelten.

Etwas regte sich im Dickicht.

«Ich habe nicht mehr lange», sagte ich ihr, ohne es allzu dramatisch wirken lassen zu wollen.

Misserfolg.

Es klang wie aus einem Kriegsfilm.

«Ich habe nicht mehr lange», sagte der Colonel.

«Du halluzinierst, das ist das Gift der Schlange. Man träumt wirr und denkt, man müsse sterben.»

Was war dort hinten?

Bemerkte es das Hasenohrmädchen?

«Und man sieht Dinge, die es nicht gibt, und sieht Dinge nicht, die es gibt.»

Ah, schon einmal gehört.

Blitzartig drehte sich das Hasenohrmädchen um die eigene Achse, aus dem Wald sprangen acht messerscharfe Beine, das dunkle Loch bedeckte den Himmel.

Die Riesenspinne hatte sich aus meinem Fiebertraum gelöst, aber sie war nicht echt.

«Eine Spinne!», schrie das Hasenohrmädchen.

Oh.

Doch echt.

So sollte also mein Ende aussehen.

Von einer Spinne gefressen.

Ohne meinen Schwur erfüllt zu haben, das Hasenohrmädchen und ihre Seele wieder zu vereinen. Es war schließlich meine Schuld gewesen.

«Halt still!»

Ein gigantischer Flip-Flop.

Klatschte mir auf die Stirn.

«Schau, die hätte dich fast gebissen», lachte das Hasenohrmädchen und zeigte mir die Sohle ihres Flip-Flops.

Ein dunkler Fleck.

Acht Beine, verstreut wie Mikado-Stäbchen.

Zerquetscht.

Und winzig.

«Oder ist es eine Zecke?»

Sie war nur so groß, weil sie so nah war?

Was ist überhaupt passiert?

«Sind wir vom Wasserfall gesprungen?», presste ich aus meinen sterbenden Lippen hervor. Ich wollte Klarheit.

«Du bist also auch gesprungen? Warum?»

«Ich wollte dich beschützen.»

Sie lächelte mich an.

Das war also nun mein Tod.

Ich sah in die tränenden Augen des Hasenohrmädchens.

Damit konnte ich leben.

Ha.

Ein letzter Witz.

Und dann starb ich.

«So können wir die Geschichte nicht enden lassen», flüsterte mir Natalia zu.

Die Lehrerin erzählte an der Tafel etwas über Funktionen.

Wir saßen in der hinteren Reihe, unsere Köpfe lagen am Tisch und wir sahen uns gegenseitig an.

«Es muss weitergehen, der Hauptcharakter kann nicht einfach so sterben. Tzz. Und er hat ja auch nicht mal ihre Seele gefunden.»

Offene Fragen.

«Und so ein richtiges Ende ist es nicht. Was ist überhaupt mit der Schlange los, ich meine, wie hat sie ihn gebissen, und so. Na, das passt noch nicht.»

Sie hatte recht.

Ein unfertiges Ende.

Aber sind nicht alle Enden unfertig?

Ansonsten wäre es ein Kreis.

Und außerdem: «Er ist nicht wirklich gestorben.»

«Aber hier steht: *Und dann stirbt er.*»

Die Lehrerin hatte eine Polynomfunktion an die Tafel geschrieben. Zwei, drei, vier, Fünf.

N.

«Es ist nur ein Teil von ihm gestorben.»

«Man kann nicht nur ein bisschen sterben. Entweder Leben oder Tod.»

«Nein, man muss erst sterben, um richtig leben zu können.»

«Was erzählst du? Es heißt: Man muss erst leben, um richtig sterben zu können.»

Funktionen.

Erst steht es auf einer Seite. Dann auf der anderen.

Die Lehrerin rief eine Schülerin zur Tafel.

Eine Randfigur.

Nicht erwähnenswert.

«Aber ist er nicht schon gestorben, als er den Wasserfall hinuntergesprungen ist?»

«Er ist wiedergeboren.»

Die Schülerin löste auf.

Erst verschwand ein Buchstabe.

Dann der nächste.

Am Ende stand nur mehr ein x da.

X Markiert die Stelle.

Das Hasenohrmädchen sah auf die Karte in ihrer Hand.

Topographisch korrekt.

Ein rotes X markiert das Ziel.

Sie hatte mich über ihre Schultern geworfen und trug mich wie einen Mantel durch den Wald, manchmal blieb ich im Gestrüpp hängen – nach meinem Tod war ich unglaublich leicht geworden.

0,124g.

Nicht ich war gestorben, nur mein Körper.

Eine Seele ohne Körper.

Getragen von einem Körper ohne Seele.

Und jetzt wusste ich auch, wie ich ihre Seele verloren hatte. Nämlich gar nicht. Sie hatte einfach keine Seele.

Ohne Seele geboren.

Keine Eltern.

Keine Freunde.

Nur Leute.

Sie ~~musste~~ wollte unglaublich traurig sein, aber ließ sich nichts davon anmerken. Wenn Kinder keine Eltern haben, wer kümmert sich dann um sie?

Mein Schuldbewusstsein entstand daraus, dass ich die Möglichkeit sah, ihr zu helfen. Ihr eine Seele zu geben. Es war meine Schuld, dass ich es so lange nicht getan hatte.

Das X markiert das Ziel.

Wie fühlt es sich an, wenn man nur eine Seele hat, aber keinen Körper?

Phantastisch, oder anders gesagt: unglaublich.

Anders gesagt: merkwürdig.

Anders gesagt: skurril.

Unbeschreiblich.

Fremd.

Durch meinen überbewussten Zustand war nun Zeit und Raum keine Notwendigkeit mehr, sondern zwei Begriffe, in denen man handeln konnte.

In einem Schwimmbad sind Schwimmbecken, aber man ~~muss~~ will nicht hineinspringen, wenn man nicht will. Man kann auch am Rand entlangspazieren.

Oder wie in einem Buch die Zeilen alle schon geschrieben sind, und man nur durch das Lesen die Geschichte erfährt.

Es gab jedoch ein Problem.

Ich konnte nicht sprechen.

Kein Körper, keine Worte.

Keine Seele, kein Verständnis.

Jetzt, da ich verstand, wie man dem Hasenohrmädchen eine Seele besorgen konnte, blieb ich stumm.

Auch wenn ich wusste, dass ihr Versuch, mich von einem Arzt heilen zu lassen, scheitern würde, ließ ich alles gezwungenermaßen über mich ergehen.

Und selbst, wenn ich eingreifen hätte können, ich hätte es nicht getan.

Alles geschieht aus einem Grund.

Man nennt es nicht umsonst den Lauf der Dinge.

Oder vielleicht den Sprint der Dinge?

Marathon?

Nein, Ultramarathon.

«Er ist gesund.»

Dafür war das Hasenohrmädchen nicht zwei Tage durch den Wald gestampft und hatte das kleine Dörfchen in der Nähe des Flusses aufgesucht.

«Er ist kerngesund.»

«Herr Doktor, er ist leblos. Und so leicht, dass wir ihn an den Tisch binden dürfen, ansonsten würde er wegfliegen.»

Tatsächlich, ich schwebte bloß an einem Seidenfaden angebunden knapp unter der Decke.

«Junges Mädchen, das sind doch alles keine Krankheiten. Wie soll ich jemanden heilen, der nicht krank ist?»

Da hatte er nicht unrecht.

Keine Krankheit.

Nur ein Zustand.

«Aber er braucht etwas, damit er wieder lebendig wird! Er kann nicht sprechen, nicht essen, nicht schlafen. Wohin soll ich denn sonst, wenn nicht zu Ihnen?»

Dem Doktor entwich ein Lächeln, da seine Hilfe benötigt wurde.

Er fuhr mit seinen dünnen Fingern von unten mehrere Male durch seinen Bart.

Die Handbewegung sah dabei aus, so als würde man eine Katze nachahmen, die ihre Krallen ausfährt.

Miau.

«Nun, eine klitzekleine Kleinigkeit gäbe es schon, nicht?»

Das Hasenohrmädchen hakte nach.

«Ein Präparat, etwas rein Homöopathisches, aber einen Versuch ist es wert. Ich kann jedoch für nichts garantieren. Er könnte sich komplett auflösen. Oder Schlimmeres.»

Schlimmeres?

Was gibt es Schlimmeres, als seinen letzten 0,124 Gramm beim Auflösen zuzusehen?

Bitte nicht.

«Geht klar!»

Solch ein Mädchen war sie also, das einen abstrusen Versuch akzeptiert, in der Hoffnung, es möge nicht das wahrscheinliche und zerstörerische Ergebnis eintreffen, das erwartet wird.

Hm.

Eine schöne Eigenschaft, ginge es nicht um meine Seele.

Weiter im Takt.

Der Arzt kramte in seiner Schublade, bis er eine verstaubte Phiole mit zähflüssigem silbrigem Inhalt fand.

«Normalerweise soll der Patient es oral einnehmen, aber -»

«Hihi!»

«Warum lachen Sie?»

«Oral.»

Wie alt war sie?

Fünf?

Vielleicht.

Wenn man keine Seele hat, altert man nicht richtig.

Immer ein Kind.

«Ja», meinte der Arzt trocken, der nicht verstand, was daran amüsant sein sollte.

«Aber in diesem Fall kann der Patient es nicht zu sich nehmen. Wir werden es also verdampfen lassen und hoffen, dass er es aufnehmen kann, irgendwie.»

Vielversprechend.

Irgendwie.

«Und wenn es funktioniert und er sich materialisiert, dann muss ihn nur noch ein hübsches, junges Mädchen küssen, und schwuppdiwupp erhält er seine Seele wieder.»

Muss.

Das Hasenohrmädchen dachte nach.

Zweifelte sie an der Validität des Arztes?

Fand sie das Wort *schwuppdiwupp* zu unseriös?

«Aber», sagte sie aus ihrem Nachdenken heraus, «wo finden wir ein hübsches, junges Mädchen?»

Stille.

Ah, solch ein Mädchen war sie also, das sich nicht als hübsch sah.

Allein geblieben.

Niemand, der ihr schmeicheln konnte.

Und außerdem: Die Welt ist nur dann ein Spiegel, wenn man ihn auch putzt.

«Aber Sie, junges Mädchen, Sie sind doch jung und hübsch!»

«Ah, ich will ihn nicht küssen.»

Oh.

Aua.

Welt als Spiegel?

Einsamkeit?

Ein Mädchen, das mir das Leben retten will.

Will mich nicht küssen.

Ich fühlte mich furchtbar.

Traurig.

Wertlos.

Hässlich.

Ich kam wieder auf den Boden der Tatsachen zurück.

Buchstäblich.

Durch diese Schmach hatte ich dreißig Kilo zugenommen und krachte auf den Tisch.

«Tötet mich.»

Schöne erste Worte, nachdem man wiedergeboren wurde.

Das Hasenohrmädchen lachte laut auf – anscheinend dachte sie, ich würde scherzen.

Ich war todernst.

Der Doktor hielt plötzlich ein Messer in der Hand, und machte einen erschrockenen Eindruck. Er hatte nicht mit meiner Genesung gerechnet, doch anstelle von Erleichterung: Angst.

Ein Wunder.

Ein echtes Wunder.

Haben alle Ärzte Angst vor Wunder? Ihr natürlicher Feind? Besserung ohne Erklärung. Lieber Leid, gut dokumentiert.

Ah, ich konnte wieder sprechen.

Stille.

Totenstille.

Beide erstarrt.

Dann stürzte sich der Arzt auf mich, gerade noch konnte ich ausweichen. Ich erwartete eine Rettungsaktion des Hasenohrmädchens.

Nichts.

Sie warf sich mit aller Kraft gegen mich, dass ich gegen einen Bücherschrank prallte.

Einsteins Naturgesetze fielen mir auf den Kopf.

War es wirklich so schlimm, dass man mich küssen ~~musste~~ durfte? Ich war beinahe schon geschmeichelt.

Ich brüstete mich gegen eine neue Attacke, bereitete meinen Konter vor.

Hocke.

Gegen die Hüfte.

Augen.

Ist der Gegner blind, kann er nicht kämpfen.

Doch der Kampf hatte sich verlagert.

«Schlag den Kopf ab!»

«Halt sie fest!»

Ah.

Eine doppelköpfige Schlange wirbelte durch das
Zimmer, zischte mit ihrer geschwungenen Zunge,
wich einem Tötungsversuch des Doktors aus und
floh durch ein Fenster.

Scherben.

Die Abendsonne stand vor uns – alles andere zeichnete sich als dunkle Kontur ab. Wir kniffen die Augen zusammen und sahen wenig, wenn wir nach vorne sahen, also blickten wir zu Boden.

Warum hatte Natalia geschrieben, dass sie mich nicht küssen wollte?

Warum diese Anspielung auf Dornröschen?

War ich kein Prinz? Sie keine Prinzessin?

Verlegenheit.

Seitdem die Schlange aus dem Fenster gekrochen war, hatten wir keine Zeit mehr gefunden, miteinander zu reden. Alles ging schnell.

Schulglocke.

Anziehen.

Plötzlich war sie weg.

Ich holte sie am Nachhauseweg ein.

Stille.

«Hast du für die Mündliche morgen gelernt?»

«Ah. Ja.»

Tests.

Prüfungen.

Fast vergessen.

Bestanden oder nicht bestanden.

Wenig gelernt.

Werde schon bestehen, und: «Warum wollte sie ihn nicht küssen?»

Ich fragte so nebensächlich wie möglich.

Stille.

Die Abendsonne sank im Sekundentakt.

Oder aber: Die Erde dreht sich.

«Weiß ich nicht», gab sie als Antwort.

Ich wusste es auch nicht.

Wieder Stille? Nein, ihr Timer läutete.

Sie nahm ihr Handy und stellte ihn ab.

Warum konnte sie nicht darüber reden?

Ich wusste, was ich sie fragen sollte.

Aber ich konnte nicht.

Stattdessen stieß ich einen Kieselstein mit der Fußspitze nach vorne. Ich sagte mir: Wenn ich ihn nicht mehr treffe, dann ---

Stille.

Schritte.

--- dann sage ich ihr alles!

Der Kieselstein lag vor mir, ich holte aus.

~~Schuss.~~

Er flog, sprang etwas rechts. Ich ~~musste~~ wollte einen Umweg nehmen.

Natalia hatte mein Spiel bemerkt.

Ich wechselte die Seite, sie ging links.

Der Kieselstein kam näher.

…

Ich holte aus.

Schuss.

Volltreffer.

Er flog weit nach vorne, genau in die Mitte des Weges.

Ein leichtes, ihn erneut zu treffen.

Ich weiß nicht.

«Vielleicht wollte er sie nicht küssen?»

Hmm?

«Ich bin mir sicher, er wollte», entgegnete ich.

Verlegenheit.

Worum ging es eigentlich?

«Vielleicht dachte sie, dass er sie nicht küssen wollte, und hat deswegen…»

«Aber er war bewusstlos! Er hatte keine Wahl!»

Verlegenheit hoch 2.

Wurzel?

«Vielleicht schreiben wir es neu? Soll sie ihn doch küssen?»

«Es wär ein bisschen zu kitschig.»

«Hast recht.»

Stille.

Aber es gibt keine wirkliche Stille.

Die Vögel zwitschern.

Die Autos fahren.

Die Leute reden.

Lasst die Leute reden?

«An seiner Stelle hätte ich sie schon längst ge-küsst», sagte Natalia entschlossen.

An seiner Stelle?

Ah, eine Funktion.

Verschiebung.
Erst ging ich links, jetzt gehe ich rechts.
Seitenwechsel.

Ich dachte stets, sie wäre das Hasenohrmädchen, aber sie sah sich wohl in der Rolle des Protagonisten.

Ah.

Wir beide sahen uns in ihm.

Sie war als Kind schon immer burschikos. Hat man ihr gesagt.

Was damit gemeint?

Rebellisch.

Dunkle Kleidung, gefärbter Kurzhaarschnitt.

Dann Pubertät – Mann oder Frau? Zahl oder Kopf?

Aber wenn wir uns beide in ihm sehen, war der jeweils andere das Hasenohrmädchen?

Wir standen beide auf derselben Seite.

Und auf der anderen: Null.

Das Hasenohrmädchen.

Nichts.

In Stille gingen wir weiter.

Der Kieselstein hinter uns, in der Mitte des Weges.

Durch meine unbewusste Lebensweise hatte ich vergessen, ihn zu treten.

Wir gingen zu ihr.

Der Vater war noch in der Arbeit, und die Mutter im Krankenhaus.

Niemand war zuhause.

Auf dem Küchentisch lagen ausgedruckte Vermisstenanzeigen von einer schwarzen Katze.

Entlaufen.

«Mein Vater hat die Tür offengelassen. Sie ist eine Hauskatze.»

«Ah.»

Wir nahmen die Zettel und gingen in der Nachtbarschaft eine Runde, hingen sie überall auf.

Warum Katzen flüchten?

Natalia wirkte überaus glücklich, tanzte umher.

«Ha!»

Sie bewunderte die aufgeklebten Fotos ihrer Katze auf den Straßenlampen.

«Schau, dort ist sie!»

Tatsächlich, sie kreuzte vor uns die Straße.

Ich freute mich, wusste aber auch, was man über schwarze Katzen sagte, die den Weg kreuzen …

Würde uns großes Unglück erwarten?

Aus meiner großen Unbewusstheit heraus hatte ich einen Teil meines Selbst verloren.

Oder meiner Seele?

Es fühlte sich an, als hätte ich ein tiefes Loch in der Brust, und im Bauch.

Und im Kopf.

Genauer gesagt, als würde ich nur aus Löchern bestehen. Wie der Teil des Schweizer Käses, den niemand isst.

Zurückgelassen.

Stehengelassen.

Ich wollte mich in einer Höhle verkriechen, mich eingraben und sterben. Einen Vorteil hatte es jedoch, nur 30kg zu haben – ich war unglaublich flink.

Ich schoss aus der Hütte des Doktors und flog wie ein Pfeil, der die Sehne verlässt. Durch den blau-grünen Wald.

Ohne Ziel.

Sehnsüchtig.

Warum konnte ich dem Hasenohrmädchen nicht helfen? Sie ~~muss~~ will enttäuscht sein, wird sich bald jemanden suchen, der ihr wirklich helfen kann. Womöglich der Arzt?

Ja, sie wäre besser dran mit ihm.

Oder mit jedem anderen.

Besser ohne mich.

Und dass ich eine unbescholtene Kindheit genießen durfte, und nicht sie.

Ungerechtigkeit.

Meine Löcher wuchsen in sich hinein.

Kreise in Kreisen.

Nicht einmal eine Spirale.

Schnitt.

Dort, wo sie sich trafen, eine Stimme.

Gelbe Augen.

Süffisant.

Eine Katze?

Sie schmiegte sich an mein Bein an.

Schnurrte.

Schwarze Katze. Sie schmiegte sich an, wickelte sich um mein Bein und schlängelte sich den Körper hoch. Haben Hasen Angst vor Katzen?

Bestimmt.

Hm?

Miau!

…

Ich versuchte mit ihr zu kommunizieren.

Vergeblich.

Sie hatte sich um meinen Oberkörper gespannt und schnurrte.

Obwohl ich an Bäumen vorbeischoss, war mein Atem flach. Die Kreise legten sich ineinander, bildeten einen Tunnel. Die Konturen der Katze schmiegten sich an dessen Wände an.

Acht Beine?

Flip-Flop?

«Jetzt!»

«Huh!»

Die Eisentore eines mittelalterlichen Schlosses knarrten.

«Zieh!»

«Hurgh!»

76

Geräusche wie in einem Comic, gezackte Sprech-
blasen, wie Wurfsterne.

Das Hasenohrmädchen triumphierte.

«Yes, please!»

Solch ein Mädchen war sie also, das auf Englisch
wechselte, wenn sie etwas gefangen hatte. Etwas?

Der Doktor schnaufte.

Gitterstäbe umgaben mich. Gefangenschaft.

Autsch!

Der Doktor legte seine Jagdflinte nieder.

Er hatte mich getroffen, eine silbrige Flüssigkeit
kam aus der Wunde.

«Jetzt oder nie!»

Das Hasenohrmädchen sprang ab.

Bullseye.

«MUA!!»

Mua?

Wer macht so ein Geräusch, wenn man jemanden
küsst?

War sie fünf? Als wollte sie beweisen, dass es ein
Kuss war.

Immerhin, ich war geheilt.

Freudensprung.

In der Hütte des Doktors ~~musste~~ durfte ich mich
mehrmals wiegen, aber mein Gewicht war wieder
normal. So gut wie neu.

Erleichterung.

Aber aus meiner Unbewusstheit heraus hatte ich vergessen den Rettern zu sagen, dass nicht ich das Gewicht wiederbekommen hatte.

Die Katze wog nun vierzig Kilo.

Dazu kam: Nur ich konnte sie sehen.

Sie schmiegte sich an mich.

Miau!

MUA!

Der Kuss hatte sich nicht echt angefühlt.

Viel zu unecht.

Als wäre er nicht geschehen.

Als hätte er nicht stattgefunden.

Als hätte ich ihn mir eingebildet.

Ich glaube, er war aus einem lang angestauten Bedürfnis heraus entstanden.

Verstaut in einer Konserve.

Haltbarkeit verlängert.

An frische Eingebüßt.

Der Dosenöffner: Gärung.

Druck von innen.

Zeit.

Natalia wirkte traurig, dann küsste sie mich zurück, heftig, und brach abrupt ab.

Unaufgeräumt.

Getragene T-Shirt, Unterwäsche, Teller und aufgeschlagene Bücher lagen in ihrem Zimmer verstreut. Das Fenster war gekippt, von draußen hörte man nichts.

Foolie-Coolie Poster, Bakemonogatari Poster.

Kindergartenfreund.

Schulfreund.

Natalia ließ sich in ihr Bett fallen, ich saß direkt neben ihr und spürte den Aufprall im ganzen Körper.

Stille.

Skizzen und lose Blätter lagen verstreut, auf einigen war das Hasenohrmädchen gezeichnet.

Die Spinne.

Der Doktor.

Sie waren erstarrt in ihrer Bewegung, manchmal zerknittert.

Auch sie hatten sich auf den Rücken geworfen.

Regungslos.

Niemand von ihnen sagte etwas.

Alle warteten auf mein Zeichen.

Nur die schwarze Katze streckte sich ein wenig, schielte nach mir.

War sie bereit zum Kampf?

Ich streckte ihr meine Hand entgegen, sie biss danach.

Spielend drehte sie sich auf den Rücken.

Ihre Krallen fuhren in meine Hand, nicht tief, aber es gab einen Stich.

Natalia hatte stets Katzen gehabt. Alle ungezogen. Spielbereit. Aggressiv. Lebendig.

Fünf?

Alle nannte sie Lux.

Ob Mädchen oder Weibchen.

Und keine der Katzen wusste von ihren Vorgängern, die den Namen teilten.

Nicht, dass es sie interessiert hätte.

«Ihr solltet jemanden sehen, der euch bei der Suche helfen kann. Wenn es um Seelen geht – das ist leider nicht mein Spezialgebiet.»
Der Doktor zuckte mit den Schultern.
Akzeptanz der Niederlage.
Wir saßen an seinem Küchentisch, die Katze lag eingerollt in meinem Schoß. Das Hasenohrmädchen war glücklich darüber, dass ich wieder einen Körper hatte, Besorgnis durchzog dennoch ihr Gesicht.
Sie konnte es nicht länger verbergen.
An ihrem Steißbein.
Rund.
Flauschig.
Luftig.
Viel zu süß.
Niedlichst.
Ein Hasenschwänzchen.
In der Jägersprache: Blume.
Sie war gewachsen, jetzt blühte sie in voller Pracht.
Mich ängstigte der Gedanke, sie verwandle sich langsam in ein Tier, aber …
Ich wollte ihn berühren, ihr Schwänzchen.
Auch wenn es sich komisch anhört.
Drücken.
Kneten.
Zu flauschig!

Kawaii!!!!!

Sie erwischte mich, wie ich auf ihn schielte und strafte mich mit einem bösen Blick.

«Er kann euch bestimmt helfen.»

Miau.

«Kscht!», machte ich.

«Hm?»

«Oh, nichts.»

«Aha.»

Stimmt, sie konnten die Katze weder hören noch sehen. Vielleicht, wenn ich sie mit der Katze bewerfe?

Wer nicht hören kann, ~~muss~~ will fühlen.

Ich nahm die Katze hoch.

Oder versuchte es.

Scheitern.

Zu schwer.

Sie wog mehr als ich.

Das Hasenohrmädchen sprang auf den Tisch, dass die Milchgläser gefährlich ins Wanken gerieten.

«Ahoy!»

Ah, war sie Pirat geworden?

Sie formte mit ihrer linken Hand ein Fernrohr und blickte hindurch.

«The One Piece is real!»

Der Tisch brach zusammen!

Die Wellen hatten den Kahn zum Kentern gebracht.

Mann über Bord.

Der Doktor war voller Milch, und dort lag das Holzbein eines Piratenkapitäns.

Vier Mal.

Miau!

Die Katze kratzte mich im Gesicht, und plötzlich standen wir vor einer Lehmhütte. Das Hasenohrmädchen sah entschlossen aus, auch meine Stimmung schien ernst. Durch meine Unbewusste Lebensweise – huh? Die Katze leckte sich genussvoll die Pfoten, und meine Eltern - aber ich hatte doch keine Eltern.

Warum kommen die Eltern plötzlich ins Spiel?

Ich hatte schließlich keine, oder anders gesagt: Sie waren nicht existent.

Waren verschwunden.

Nicht da.

Aber es gab sie.

Ich wusste nicht, wo sie die meiste Zeit über waren, denn sie arbeiteten nicht, und tauchten immer nur dann wieder auf, wenn sie etwas von mir wollten.

Puff.

Eine Rauchwolke, daraus trat meine Mutter.

Sie stand vor dem Gebäude mit der Glasfront und rauchte ihre Zigarette zu Ende, bis ganz zum Ende, so wie immer.

Erst brennt sie, dann landet sie am Boden.

Die Zigarette.

Meine Mutter meinte, mein Vater würde uns in ein paar Tagen besuchen, dann ging sie hinein, ich folgte ihr.

Meine Mutter hatte mich nie an der Hand genommen, zumindest konnte ich mich nicht daran erinnern, jemals ihre Hand gehalten zu haben. Ist es nicht so, dass Eltern immer die Angst haben, ihre Kinder würden davonlaufen, mitten auf die Straße, und von einem Lastwagen überfahren werden?

Festhalten.

Bei mir vollkommen unnötig, denn ich war stets ein braves Kind, unkompliziert.

Gehorsam, treu.

Brav.

Anfangs wurde ich bestimmt dafür gelobt, besonders, wenn Babys still sind und nicht schreien, aber wird man älter, bleibt das Lob aus.

Nun, Unsinn hatte ich noch nie gemacht.

Nur eines schien sie jemals beunruhigt zu haben, und zwar ein Ereignis, welches im letzten Halbjahr stattgefunden hatte.

Ein kleines Stück Papier ließ die Besorgnis hervorbrechen.

Aber es war nicht das Papier, sondern die Tinte darauf.

Aber eigentlich nicht die Tinte, sondern die Form der Tinte.

Aber eigentlich nicht die Form, sondern das, was meine Mutter darunter verstand.

Und eigentlich verstand sie es nicht. Warum diese Aufregung?

Vielleicht lag es an den bedrohlichen Großbuchstaben.

GEFÄHRDUNG

Ich stand auf der roten Liste.
Vom Aussterben bedroht.
Mein Name als der letzte seiner Art.

«Du wirst nicht sitzen bleiben», hatte meine Mutter verlautbart.

Das hatte ich auch nicht vor. Ich würde meine Hinterbeine in den Boden stemmen und mich mit aller Kraft abstoßen, je weiter, desto besser.

Dieser Brief also brachte Unruhe in eine ansonsten gefestigte Mutter-Sohn Beziehung. Sie nahm plötzlich Anteil an meinem Leben, aber einen viel zu großen.

Eignungsprüfung.

Das Glasfronthaus war der Ort dafür. Meine Mutter marschierte durch die leblosen Gänge wie ein verklumpter Blutklotz Richtung Herzen. Es war gefährlich, aber ein guter Arzt konnte den Tod noch abwenden – ich trug auch tatsächlich ein weißes T-Shirt.

«Guten Tag, ich habe meinen Sohn für die Eignungsprüfung angemeldet.»

«Grüß Gott. Genau, im Zimmer 2A kann ihr Sohn Platz nehmen, sie können im Warteraum für die Dauer der Prüfung warten. Dort gibt es auch einen Getränkeautomaten und Zeitschriften.»

Ich kannte meine Mutter gut genug und wusste, dass sie niemals in einem Raum warten würde, der Wartezimmer genannt wurde. Sie wartete prinzipiell nicht, sondern nutzte die Zeit, um zu rauchen oder zu telefonieren.

Ich betrat 2A, nahm Platz und meine Mutter wünschte mir viel Spaß, ich bedankte mich. Neben mir saß ein Mädchen, das gerade einen Nervenzusammenbruch erlitt und gewaltig zitterte. Ich sah sie an, aber sie war in ihrer eigenen Welt gefangen.

Der Mann in der Hütte hatte uns schon erwartet.

«Ah, zwei Gäste, aber seid nicht Gast
Fühl dich wie zuhause, auch wenn du kein Zuhause hast.»

Ich lächelte.

Wie sich zuhause fühlen?

Es gab in der Lehmhütte nur einen Tisch.

Keine Couch, keinen Fernseher.

Kein Bett.

«Wir kommen, weil wir meine Seele suchen. Ein Doktor hat Sie uns empfohlen.»

«Wenn man seine Brille sucht
Sieht man stets verschwommen
Und sieht man scharf
Hat man sie nie abgenommen.
Wartet einen Augenblick
Ich werde wiederkommen.»

Er ging an uns vorbei und aus der Türe.

Nur ein Eingang.

Ein Ausgang.

Wir standen in der Lehmhütte und hatten uns nichts zu sagen.

Stille.

Erneut.

Warteten wir auf fremde Hilfe? Waren wir in Not?

SOS.

Morsecode.

Lang – kurz – Lang?

Oder doch: Kurz – Lang – Kurz?

«Dubdidub.»

Ah, solch ein Mädchen war sie also, das nicht ertragen konnte, wenn die Stille in einer Lehmhütte nicht ausgefüllt wurde. Immer in Bewegung. Sie tänzelte von einem Bein zum anderen, sah sich aufmerksam um. War es eine Auswirkung davon, dass sie keine Seele besaß?

Unruhe.

Oder steckte in ihr eine inhärente Abenteuerlust?

Vielleicht war sie auch nur aufgeregt.

Sie schlug ein Rad.

«Schau, noch eins!»

Die Hütte war so klein, dass sie mit den Fußspitzen an der Decke streifte. Ich lehnte mich gegen die Wand, damit sie genügend Platz hatte und mich nicht versehentlich traf, und diesem notwendigen Zurückweichen maß ich ein unübliches Maß an Bedeutung zu, doch bevor ich dem Gefühl weiter nachgehen konnte, kam der alte Mann herein.

Beim Anblick des Radschlagenden Hasenohrmädchens lachte er laut auf.

Ah.

Für mich.

Er gab mir etwas.

Er sah mich aus seinen blau-grauen Augen an.

Pupillen geweitet, Iris schal, wie matte Farbe.

Dann stellte er die Schüssel auf den Tisch.

Kleine, würfelförmige braune Klumpen.

Das Hasenohrmädchen blickte neugierig hinein.

Ihr Stupsnäschen sprang energisch auf und ab.

Welcher Geruch? Prägnant.

Bitter.

Herb.

Wir setzten uns auf den Boden.

Die schwarze Katze hielt ihren Kopf tief in die Schüssel, ich schnippte mit dem Finger dagegen.

Gong!

Sie zuckte hoch, und senkte ihren Kopf.

Gutes Katzenfutter.

«Wer eine neue Seele will
Muss sterben.
Man kauft auch erst einen neuen Spiegel
Hat man Scherben.»

Muss.

Wiedergeburt.

«Aber wenn ich mich mit meiner Handykamera schminke, dann brauche ich keinen Spiegel», sagte das Hasenohrmädchen.

Ah.

Sie hatte nicht verstanden.

Der alte Mann sprach über die Seele, über das Leben, das Sterben.

Nicht über Selfies.

«Richtig. Dreht man die Kamera um
Die zeigt auf andre Sachen
Erkennt man, dass man nur sich selbst braucht

Um sich ein Bild von sich zu machen.»

Sie hatte doch verstanden.

«Aber wie drehen wir die Kamera um?», wollte ich wissen.

Stille.

«Es geht nicht um die Kamera», sagte das Hasenohrmädchen.

Worum ging es dann?

«Wo finde ich meine Seele?»

Ah, natürlich.

«Wenn ihr nicht wisst
Was es ist
Was ihr sucht, das verschwunden
Wundert mich nicht, dass ihr
Noch nichts gefunden.

Sieht es aus wie ein Apfel? Oder eine Birne?
Liegt es im Herzen oder der Stirne?
Euer Unwissen führt euch in die Leere
Und ihr selbst euch in die Quere.»

Das Hasenohrmädchen runzelte die Stirn.

«In die Quere? Halten wir unser Handy vertikal, wenn wir es horizontal halten sollen?»

Ah, sie hatte nicht verstanden.

Wir wussten nicht, wonach wir suchten.

Wer weiß denn schon, wie eine Seele aussieht?

«Richtig. Es hilft nicht, dass ihr mehr von euch
seht
Sondern ihr müsst wissen, wo ihr steht.
Dreht euer Handy zur Seite
Und blickt nicht in die Tiefe, sondern die
Breite.»

Ah, sie hatte doch verstanden.
Die beiden verstanden sich intuitiv.
Er war mir weit voraus.
Durch die Erfahrung des Hasenohrmädchens mit
älteren Männern wusste sie besser, wovon sie spra-
chen.
Ich hatte nichts verstanden.
Ich fühlte mich überflüssig.

«Wer überflüssig ist
Befindet sich im Überfluss
Er gibt mehr als er muss
Und verlangt nichts für sein Geben.
Seid ein Fluss, der niemals steht
Und sucht kein Zusammenleben
Sondern ein zusammen Leben.»

Er konnte Gedanken lesen.
«Wie finde ich nun meine Seele? Der Doktor hat
gemeint, Sie würden wissen, wie eine Seele aussieht. Wie man sie fängt.»

Das Hasenohrmädchen versteckte nicht die Verzweiflung in ihrer Stimme.

Stille.

«Es ist nichts als Licht in der Sonne
Und nichts als Nichts in der Seele
Doch warum Licht in der Dunkelheit
Und in der Stille Befehle?

Warum im Körper die Seele?
Du hast den Vogel aus dem Käfig gelassen
Und sagst, du hast ihn verloren
Lass ihn fliegen, versuch ihn nicht zu fassen.

Deine Seele ist weg?
Dein Ego will sie finden
Derjenige der weg ist
Merkt nichts vom Verschwinden.»

Nach zwölf weiteren solcher Verse war es klar, was er uns sagen wollte.

Aber warum hatte sich die Seele vom Körper getrennt?

Und wer besetzte nun diesen Körper, der neben mir stand und sehr niedlich aussah mit den Hasenohren und den Pauschbäckchen?

Ihre Stirn lag in Falten, resolut sagte sie: «Ich will meine Seele finden.»

«Aber vielleicht habt ihr sie schon gefunden
Und dreht nun wie die Erde um die Sonne
Eure Runden.

Und würde die Erde die Sonne besitzen
Wäre es kein Bündnis, sondern ein Überhitzen.»

Möglich.
Vielleicht hatten wir die Seele gefunden.
Durch meine unbewusste Lebensweise äußerst
wahrscheinlich.
«Bitte hilf uns, meine Seele zu finden.»
Tränen.
Plötzlich.
Das Hasenohrmädchen schluchzte.
Solch ein Mädchen war sie also, dass ihre Unter-
lippe bebte, wenn sie weinte.
Ich hatte sie vorher noch nie weinen sehen.
Oder hatte ich?

«Blind und taub seid ihr
Wie Maulwürfe, die in der Erde wühlen
Wer nicht sehen kann, muss hören.
Wer nicht hören will, muss fühlen.»

Man ~~muss~~ kann fühlen.
Blind.
Tapsend.

Durch die Dunkelheit.

Das Hasenohrmädchen sah verlegen auf den Boden.

Der alte Mann strahlte, ein breites Lächeln lag wie die Sichel des Mondes auf seinem Antlitz, seine Beine waren überkreuzt.

«Kein Verstand, keine Form, ich existiere nur
Jetzt sterben jedes Denken und jeder Wille
Das Ende des Tanzes der Natur
Ich bin es, den ich suche in der Stille

Ein Reich der Glückseligkeit, ultimativ
Jenseits von Wissendem und Wissen
Endlich ruhe ich, so tief
Das Eins allein ist mein Kissen.

Die Knochen des Lebens wurden verscharrt
So bin ich zum Ziel geworden
Die monotone Wahrheit wird offenbart
Ich bin der Weg, der in Gott verborgen

Mein Geist hat sich seine Höhe bewahrt
Im Kern der Sonne bin ich stumm
Ich verhandle nicht mehr mit Zeit und Tat
Mein kosmisches Spiel ist um.»

Stille.

Lag darin der Schlüssel für unsere Suche?

Oder gar die Antwort all unserer Fragen?

Die Katze schlich zu ihm, legte sich ihm in den Schoß.

Er kraulte sie unter dem Kinn, sie schnurrte, dann sprach er zu ihr:

> «Führe mich von der Illusion zur Wahrheit
> Von der Dunkelheit führe mich zum Licht
> Vom Tod führe mich zur Unsterblichkeit.»

Miau.

Dann sah er zu mir.

> «Eine schöne Katze, aber sie nutzt ihre Krallen
> Wie jemand der entweder nur laufen kann
> Oder fallen
> Die Kraft der Zerstreutheit haart
> Als ihr Sommerfell
> Und ihr Schnurren ist gleichsam Hundegebell.»

Miau.

«Welche Katze?», fragte das Hasenohrmädchen.

Jetzt verstand sie wirklich nicht.

Aufbruch.

Wir gingen, nachdem wir uns für den Tee und die Ratschläge bedankt hatten.

Aber jetzt wussten wir noch weniger als zuvor – wie sollten wir die Seele finden?

~~Mussten~~ Sollten wir überhaupt suchen?

Und was bedeutete Unsterblichkeit?

Von der Realität zur Illusion? Oder von der Illusion zur Realität?

Ich war überrascht, dass man das Wort überhaupt lesen konnte.

Stille.

Illusion.

Es waren bloß drei Striche nebeneinander. Wir waren bereit für eine Reise, aber die Angst, nicht mehr zurückkehren zu können, ließ uns zaudern. Was, wenn wir in die Realität können, aber nicht mehr zurück in die Illusion? All unsere Freunde waren hier, echt oder unecht. Es fühlte sich an, als würden wir sie im Stich lassen.

Aber gab es eine andere Möglichkeit?

Ich hoffte nicht.

Und welche Freunde eigentlich?

Es gab keine andere Möglichkeit.

Sackgasse.

Point of no return.

Die ausweglosen Situationen gaben mir stets ein sicheres Gefühl.

Egal was ich tat, ich konnte mir nicht vorwerfen, falsch gehandelt zu haben.

Eingeengt.

Verfolgt.

Das Hasenohrmädchen schloss die Augen.

«Wenn wir wirklich schlafen, und dies ein Traum ist, habe ich vor dem Einschlafen zu viel gegessen.

Ich würde mich nicht wundern, wenn ich mit Bauchschmerzen aufwache.»

Wie kam sie darauf, dass wir schlafen?

Hatte der alte Weise davon gesprochen?

Ich blätterte ein paar Seiten zurück, aber fand nichts darüber.

Und außerdem.

Mit schlechten Gedanken eingeschlafen?

Manche schlafen tiefer als andere.

Manche wachen in der Nacht mehrmals auf.

Manche schlafen nie.

Und Schlafwandeln?

«Wach auf!», schrie das Hasenohrmädchen.

Stille.

Ich sandte einen stummen, internen Befehl an denjenigen, der eingeschlafen war.

An mich.

Stille.

Die Bäume standen in Ahnungslosigkeit um mich herum, ihre leere Art irritierte mich. Sie waren hohl. Ein Specht pochte in der Ferne, Borkenkäfer fraßen sich am Holz satt. Der Wind bewegte die Baumkronen, der Stamm blieb im Boden fest verwurzelt. Ich betrachtete die Rinde. Sie formte sich als Terrain, so wie sich Gebirgsketten formten. Es gab Hügel, Täler und Berge. Nur die Dimensionen waren anders.

Je näher ich kam, desto größer wurde die Landschaft.

In den winzigen Insekten, die zwischen der Rinde ihrer Tätigkeit nachgingen, erkannte ich Menschen, Häuser, Autos. Ich kniff die Augen zusammen.

Der Fallwind brannte in den Augen.

Der Baum kam näher und näher, ich roch das frische Harz, der durch eine Baumöffnung drang.

Klebrig.

Das Gefühl von Harz an den Fingern.

Wie in der Kindheit.

In manchen träumen konnte ich nur die Fußspitzen anheben, um über Treppen und Wiesen zu gleiten. Wie fliegen fühlte es sich an.

Ich flog über eine Stadt.

Nein, ich fiel.

Ich fiel in die Stadt hinein, von ganz oben.

Durch Wolken fiel ich, und sah unter mir die Stadt.

Ah.

Heute ist die Prüfung.

Ich zog das Bettlaken ab, auch den Bettwäscheüberzug.

Ein besonderes Bedürfnis nach Reinheit überkam mich.

Frühstück.

Eltern.

Tschüss.

Ich wollte Natalia abholen, aber sie war schon losgegangen, und auch, obwohl ich mich beeilt hatte, konnte ich sie am Schulweg nicht einholen.

Ich fühlte, ich würde sie brauchen.

Heute besonders.

Ein Gefühl der Sicherheit stellt sich ein mit ihr.

Oder brauchte ich jemanden, von dem ich abschreiben konnte?

Hatte ich genug gelernt? Nervosität.

In der Mitte des Weges ein Kieselstein.

Und noch einer.

Noch einer.

Es gab einige Dinge anzusprechen.

Die ganze Straße voller Kieselsteine.

Stille.

Sie war nirgends zu finden.

Verschollen.

Ihre Schuhe standen nicht in der Garderobe. War sie krank?

Beim Arzt?

Oder schwänzte sie?

Gab es einen taktischen Grund, warum sie die Prüfung nicht schreiben wollte? Mir fiel keiner ein. Und außerdem hätte sie es mir gesagt, wir hätten unsere Pläne abgeglichen. Nein, etwas war hier nicht richtig, aber niemand schien es zu bemerken.

Die anderen Schüler gingen die gewohnten Wege und unsere Klassenkameraden bereiteten sich wie immer auf die Prüfung vor, als ich ins Klassenzimmer eintrat.

Hinterste Reihe.

Platz leer.

Nur die Hälfte besetzt.

Ein Teil fehlt.

Niemand spricht mit mir.

Nicht sehr beliebt, nur Natalia ist meine Freundin.

Eine Freundin.

Der Teil, der mit mir redet, fehlt.

Stille.

Schulglocke.

Alle auf ihre Plätze. Prüfung.

Stille.

Die Lehrerin gab die Zettel der ersten Reihe, wie eine Krankheit breitete sich der Test aus, bis ihn am Ende alle hatten.

Stille.

Die Sprache auf dem Zettel ist mir fremd.

Ich verstehe sie nicht.

Buchstaben, Zahlen, wirre Anordnung.

Ich überlege.

Wenn ich meinen Namen draufschreibe, dann gilt es als Beweis, dass ich hier war. Nein, das Risiko konnte ich nicht eingehen.

Miau.

Der Zeiger der Uhr war in einem Moment auf die andere Seite gesprungen. Noch eine Umdrehung, dann war die Prüfung vorbei. Aber was wurde geprüft? Ich verstand nicht. Die anderen Schüler waren akribisch am Schreiben, mit Gewissheit malten sie Zeichen auf das Stück Papier. Nein, das konnte es nicht sein.

Papier.

Ein Hinweis.

Ich sah auf meine Handfläche.

Konnte es sein?

Ich nahm den Test und verglich.

Tatsächlich das gleiche Symbol.

Immer wieder.

Zwei gleichlange Striche, überkreuzt.

Zwei Wege, die sich schneiden.

Nur ein Punkt, an dem sie sich treffen.

X.

Auf meiner Handfläche eine Karte.

Lebenslinien.

Wege.

Das X markiert das Ziel.

Ah.

Ich kannte den Ort. Es war die Karte unserer Stadt. Ich wusste den Weg.

Schnell.

Ich stand auf.

«Wohin wollen Sie?»

Die Schule war leer, alle in ihren Waben. Die Lehrerin kam aus dem Klassenzimmer, ihre acht Beine rutschten am frisch gebohnerten Boden. Acht Beine?

Ich floh.

Bestanden, oder nicht bestanden?

So einfach war es nicht.

Die Wolken gab es ja auch noch.

Und die Bäume.

Und Autos, Menschen.

Die Stadt leer. Niemand war unterwegs.

Alle waren zuhause.

Erst links.

Dann rechts.

Ich kannte den Weg und rannte.

Wusste nicht, ob meine Hast gerechtfertigt war.

So schnell es ging.

Dort, wo sich die Wege kreuzen.

X.

An der Brücke.

Ein völlig belangloser Ort.

Keine Bedeutung.

Ihre beiden Hände umfassen die Reling.

Eine bedeutungslose Geste.

Ihr Blick in die Ferne.

Glaube ich.

Ich sehe nur ihren Hinterkopf.

Aber wo soll er sonst sein?

«Natalia!»

Aus meiner unbewussten Lebensweise heraus hatte ich das Hasenohrmädchen vertauscht. Es war nur ein einfaches Mädchen. Woher kannte ich sie?

Doch als sie sich umdrehte.

Hasenohren.

Pfoten.

Solch ein Mädchen war sie also, dass sie anderen Mädchen zum Verwechseln ähnlichsah.

Oh!

Da! Ich wusste, dass es irgendwann kommen würde.

Viel.

Zu.

Süß.

Stupsnäschen.

Hasennäschen.

Wobei bei genauerer Betrachtung …

Merkwürdig.

Erschreckend.

Befremdlich.

Ihr Mund bewegte sich, zwei spitze, lange Vorderzähne machten das Öffnen schwierig.

Wollte sie mir etwas sagen? Ich bemerkte eine Sprechblase, die sich langsam formte.

«Hier ist sie nicht.»

Trauer.

Ich wusste nicht, wovon sie redete.

Doch ich bemerkte, dass es ernst war.

Nur keine falsche Bewegung.

Langsam.

Ein Windhauch.

Sie witterte mich.

Ah, erkannte sie meinen Geruch?

Würde sie beim Springen zögern?

Sie sah leer aus. Vielleicht sprang sie einfach hinein.

Ein großes Gewicht schien sie zurückzuhalten.

Schwere.

Schnellerer Fall.

Hinabsinken.

War ich der Klotz am Bein?

Hatte mein Erscheinen die Sache verschlimmert?

Sie war überrascht, mich zu sehen.

Stille.

Ihre ehemalige Leichtigkeit war verschollen. Der Elan, den sie besessen hatte, wo war er?

Trägheit.

Schwere.

Ah.

Ich sah auf meine Hand.

Papier.

Hatte sie Stein gewählt?

Das erklärte ihre Trägheit.

Und Papier schlägt Stein.

Wenn ich der Gewinner war …

«Zwei von drei!», rief ich.

«Schere, Stein, Papier!»

Ich hielt eine Schere in der Hand.

Schnitt.

Sie war leicht geworden.

Ein Windhauch.

Zog sie dahin.

Papier.

Der Wunsch, dass meine Präsenz ausgereicht hätte, sie zu retten.

Aber es brauchte Taten.

Meine Hand.

Der Schnitt.

Schere.

Ich griff nach ihr.

Zu spät.

Ich war Jahre zu spät.

Und außerdem.

Schere schneidet Papier.

Ich teilte sie entzwei.

Mitten durch.

Ein Teil prallte im Wasser auf. Den anderen Teil hielt ich in meiner Hand.

Ich hielt ihn fest.

Gerade so.

Zum Glück hatte ich sie zerteilt, ansonsten wäre sie zu schwer gewesen.

Sagt man so etwas einem Mädchen?

Sie würde es verkraften.

Ich hatte schließlich nur dreißig Kilo.

Gerade ausreichend.

Meine andere Hand hielt sich noch an der Brücke fest, wie im Film baumelten wir.

Rettung in letzter Sekunde.

«Lass mich los!»

Noin.

Ich halte fest.

Ich halte durch.

Aber warum hatte ich «Lass mich los!» gerufen?

Wovon wurde ich gehalten?

Ich war es, der sie rettete.

Miau.

Die schwarze Katze stand auf der Brücke, sie sah uns von oben aus zu, wie wir abhingen.

Anhielten.

Überlebten.

Sie fletschte ihre Zähne, fuhr ihre Krallen aus.

Nein.

Jetzt war nicht die Zeit für Spiele.

Ich spürte ein Stechen in meiner Hand.

Schere.

Ich war gelaufen und hatte sie falsch herum gehalten.

Gestolpert.

Mitten in die Brust.

Ein Loch.

Und eins in der Hand.

Sie formten sich zu Kreisen.

Dann wurde ich hochgezogen.

Die Katze zog mit aller Kraft, und ihre Tatzen waren menschlich geworden.

Hände.

Fester Griff.

Ich sah hoch in ein Antlitz, das mir sehr bekannt war, und äußerst fremd.

So sah ich also aus?

Von den acht beinen hatte ich vier verloren.

Ganz menschlich.

Vier Gliedmaßen.

Acht minus vier.

Vier minus.

Bestanden.

Gerade noch.

«Lass mich los!», rief ich.

Und die Katze gehorchte.

MUA!

Wir stürzten hinab, fielen dem Wind entgegen. Ich umklammerte sie, bedacht darauf, sie nicht zu zerknittern.

So würden wir also sterben, einen romantisch-dramatischen Tod. Ich hatte sie fallen lassen. Meine Hand war nicht stark genug. Ich hatte den Halt verloren.

Halt!

Weiche Landung.

Ich ~~musste~~ konnte laut auflachen.

Beinahe lachte ich mir die Seele aus dem Leib. Eine Baumkrone hatte den Sturz abgefangen.

Ich lag am Waldboden, die Sonne benetzte ihn mit einer schachbrettförmigen hell-dunkel Verzierung. Das Hasenohrmädchen war noch in der Baumkrone verheddert.

Den Stamm hochklettern.

Sie pflücken wie einen Apfel.

Nein, behutsamer.

Doch ich kam nicht den Stamm hinauf.

Zu schwer.

Das ganze Gewicht wieder auf meinem Körper.

Erleichterung.

Da schwebte das Hasenohrmädchen vom Baum.

Wie ein Blatt.

Sie sah mich aus ihren runden, großen Augen dankend an.

«Schau!», bemerkte sie lachend und zeigte mir ihre beiden Hände.

Zu Pfoten geworden.

«Wir haben noch Zeit. Dann hast du eben ein Paar Pfoten.»

Es ging alles viel zu schnell.

Ein Hase.

Ein richtiger Hase.

Ihr Körper war geschrumpft.

Ihre Augen waren angsterfüllt, sie atmete rasant.

«Hey…»

Langsam, Schritt für Schritt.

Ihr Körper spannte sich an.

Stille.

«Hey, Hey…»

Ruhe.

Sie kannte mich.

Ich kannte sie.

Aber woher?

Und wie lange schon?

Sie preschte davon.

«Hey! Bleib da!»

Ich versuchte ihr zu folgen, aber sie war im Dickicht verschwunden.

Meine Schuld.

Wir hatten so viel Zeit miteinander verbracht, es war meine Verantwortung gewesen, dass ihr nichts passiert.

Ich hatte geschworen, sie zu beschützen.

Geflohen.

Verlassen.

Ich stand allein im Wald, die Person, der meine Aufregung galt, war verschwunden.

Stille.

Schlief Natalia schon?

«Ui, ein trauriges Ende.»

«Ja.»

Ich war dem Schlaf schon sehr nahe.

«Aber wir können morgen weiterschreiben», sagte sie sehr bestimmt.

Ich fühlte eine große Unruhe in ihr, aber meine Augen fielen zu.

Schlaf.

Traum.

Warum Natalia nicht zur Prüfung angetreten war, wusste ich nicht. Mir sagte sie, sie wäre krank gewesen. In der Schule ging das Gerücht um, sie wollte sich umbringen und sei von einer Brücke gesprungen.

Stille.

Natalia und ich schrieben nicht mehr an der Geschichte weiter, ein Ereignis überschattete die nächsten Tage und Wochen.

Natalias Mutter starb.

Sie und ihr Vater flogen nach Russland.

Zu ihrer Großmutter.

Wir schrieben noch eine Zeit lang, aber es gab Wichtigeres, als unsere Idee für den Manga.

Dann brach irgendwann der Kontakt ab.

Sie war jemand, der Nähe brauchte.

Ich tröstete mich mit der Vorstellung, dass sie ein normales Leben führen würde.

Dass sie sich in einen Hasen verwandelt hatte, vergaß ich nach einiger Zeit.

Trotzdem machte ich mir Vorwürfe, ihr nie meine Liebe gestanden zu haben. Die Einsicht, dass ich in der Schulzeit nur in meiner Fantasie gelebt hatte, gab Trost.

Falscher Trost.

Es hatten sich so viele Möglichkeiten ergeben, doch warum hatte ich nicht eine genutzt? Vielleicht war mir der Genuss, den mir meine Vorstellung gegeben hatte, schon genug.

Aber das ist eine Ausrede.

Oder der Wunsch, die Freundschaft nicht durch Romantik zu gefährden?

Vielleicht war mir Natalia dafür zu wichtig?

Das wäre Unsicherheit.

Nein, es ist nicht kompliziert.

Ich war Tante Petunia, die ein Haus aus Lebkuchen baut und wartet, bis es regnet.

Ich war der Erzähler, der einem Mädchen helfen will, damit sie ihn mag.

Ich war das Hasenohrmädchen, das ihre Seele sucht und sie eben dadurch nicht findet.

Oder hatte sie ihre Seele überhaupt verloren?

Ah.

Wie kann man denn seine Seele verlieren?

Ich grübelte, versuchte zu einer Antwort zu gelangen.

Und ganz unbemerkt hatte ich mich währenddessen auch in einen Hasen verwandelt.

Vielleicht war ich auch immer schon einer gewesen.

Ha!

Ein Angsthase.

MARTIN M. LINDNER wurde 1995 in Wien geboren. Nach einem Studium der Philosophie und Germanistik an der Wiener Universität wechselte er an die HFBK in Hamburg, an der er ein Filmstudium abschloss. Nach Arbeit im Filmbereich in Bologna, Rom und Wien gründete er 2023 eine Filmfirma und ist tätig als freier Künstler.